KB196985

노을이 부르는
노래

노을이 부르는 노래

© 위성용, 2024

초판 1쇄 발행 2024년 11월 2일

지은이	위성용
펴낸이	이기봉
편집	좋은땅 편집팀
펴낸곳	도서출판 좋은땅
주소	서울특별시 마포구 양화로12길 26 지월드빌딩 (서교동 395-7)
전화	02)374-8616~7
팩스	02)374-8614
이메일	gworldbook@naver.com
홈페이지	www.g-world.co.kr

ISBN   979-11-388-3601-2 (03810)

노을이 부르는 노래

위성용 시집

좋은땅

하루하루가 처음이고
하루하루가 시작이었습니다.
돌아보면
먼 길을 걸었습니다.

힘들고 고단한 길이었지만
지우고 싶은 길은 없습니다.
높은 길, 낮은 길 걸으면서
마음에 담았던 소박한 이야기들을
풀어 보려 합니다.

생각해 보면 어릴 적 추억은
보릿고개를 넘기면서
춥고 배고픈 기억만 남아 있습니다.
산업화 시대에 접어들면서
잘살 수 있다는 희망을 가지고
열심히 앞만 보고 달려왔습니다.

결혼을 하고 자식을 낳고
새로운 보금자리에 둥지를 틀었습니다.
울퉁불퉁하고 험한 길이었지만 행복했던 날들이었습니다.
떠밀지 않아도 성큼성큼 가는 세월
늙어 가는 것은 어디론가
떠나가는 것입니다.

세월은 앞만 보고 가지만
인생은 노을이 질 때
한 번쯤 돌아볼 때가 멋있다고 합니다.

끝으로
삶의 여정에서 저와 함께 먼 길을 동행했던
모든 분들께 이 자리를 빌려
깊은 감사의 말씀을 드립니다.

2024년 위성용

차
례

나를 찾아서

세월은
그냥 가지 않는다
깜깜한 어둠 속에서 길을 찾고
눈서리가 내려도 겨울 잡초는
뿌리를 뻗는다

아픔의 단련이 있어야
세월의 칼날을 무디게 하고
인생의 바닥에서 삶의 끈기는
희망을 찾는다

그래
다시 시작해야지
희미한 불빛을 찾아 열정을 불태웠던
그 시절로 돌아가는 거야
청춘은 늙어도 꿈은 늙지 않아

추운 겨울이 지나야
예쁜 꽃을 볼 수 있듯이

마음의 잡초를 뽑고 나면
내 인생도 보이겠지.

봄비 내리는 날

사랑이 길을 잃었습니다
이별의 아픔에 몸부림쳤습니다
그녀가 흘린 눈물인지
구름이 울고 갔는지 비가 내립니다

이렇게 비가 오는 날이면
내 마음을 훔쳐 간 그녀가 생각납니다
그리움의 눈물인지 빗물인지
오늘은
내 가슴에 비가 내립니다.

세월아 너는 알지

세월이 가는 길목에서
꽃은 필 때가 예쁘고
노을은 질 때가 아름답고
인생은 돌아볼 때 멋있다
피고 지고 돌아보면 어느새
한세상인걸.

추억을 훔쳤다

남의 밭둑에
뽕나무 가지를 살짝 당겨
까만 오디를 한 움큼 따서
입안에 넣었다

코흘리개 시절
보리가 익어 가는 5월이 오면
뽕나무에 주렁주렁 달려 있는
오디의 달콤한 맛에
나는 웃고 뻐꾹새는 울었지

누에 밥을 주기 위해
뽕잎을 따서 오라던
엄마의 심부름도 잊은 채
입술이 까만 줄도 모르고
주린 배를 채웠다

허기진 배를 달래고
시간이 한참이나 지난 후에

산그늘이 내려와 귀띔을 해 줬다

누에가 기다리고 있다고.

시작은 나이가 없다

땅기운이 느껴진다
겨울에도 매화는 꽃망울을 틔운다
봄이 오는 소리다

가 버린 지난 삶이 아팠다 해도
다시 시작해 보는 거야

세상살이도 인생도
안 되는 이유가 있으면
되는 이유도 있다

아무리 추운 겨울도
봄을 이길 수 없다
시작은 누구나 할 수 있다.

지는 노을

서두를 일도
꼭 해야 할 일도 없다
이젠 천천히 걸어가도 괜찮아

지난날
청춘과 열정으로 불살랐던
인생의 물결은
수평선 너머로 사라졌다

흰 구름이
저 산 넘어가듯이
나의 젊음도 길을 찾아 떠났다

늙어도 괜찮아
다 버리고 나면 웃을 수 있어
어차피 빈손인 것을.

대나무

남들은
꽃 피고 잎 지거늘
너는 어찌하여 계절을 잊고 살았나
곧은 마음이 하늘을 찌르니
그 성질 계절에 기댈 수 있겠나
마디마디 텅 빈 가슴은
온 세상을 품어 안는다.

무상

집을 나섰지만
마음 둘 곳 없어 거리를 헤맨다

여기도 가는 세월
길 건너 저편에도 가는 세월

왔던 길 돌아가면 내 젊은 날
기다리고 있을까

고달픈 세상
아픈 세월 지나고 나면
행복이 보인다는데

내게 남은 것은
등 굽은 늙은이 지팡이 하나였네.

촌수

따뜻한 봄날에
태어났다

새싹의 부모는
초록잎
새싹의 조모는
단풍잎
새싹의 증조는
낙엽

길가에
떨어진 낙엽
함부로 밟지 마라.

내일은 아무도 몰라요

한 해가 저물어 가는
어느 일요일
카페에서 친구들과 차 한 잔을 마시며
이야기를 나누던 중

탁 소리가 나서 돌아보니
참새 두 마리가 창문에 부딪혀
땅에 떨어져서
몸을 파르르 떨며 죽어 갔습니다
마음이 아팠습니다

삶과 죽음의 순간
살아 있는 것만으로도 인생은
충분히 행복한 삶이었습니다

한날한시에
참새 두 마리가 떠나고 난 뒤
늙어 가는 나에게
삶의 의미를 되새겨 보는 오늘이었습니다.

이루지 못한 사랑

하얀 목련이 필 때면
고귀한 그 사랑이 생각나고

봄비에 젖은 목련을 보면
그리움에 젖은 그 사람이 생각납니다

고결한 그녀와
이루어질 수 없는 순백의 사랑

목련이 질 때면
아픈 그 사랑도 한 잎 한 잎
바람결에 흩어지겠지요.

저무는 계절

낙엽 한 잎 주워서
빛바랜 달력에 얹어 놓았습니다
지우지 못한 추억들
잊히지 않는 그리움

그때로 돌아가면
여름날의 푸른 잎 볼 수 있을까
뒤로 넘기면
그 시절 다시 올 수 있을까

행복했던 순간들
많이 힘들었던 시간들
이젠 돌아올 수 없는 날들이기에
남은 달력 한 장을
기억의 저편에 접어 두려 합니다.

해맑은 웃음

아이가 웃는 모습은
맑은 호수 같다

보면 볼수록
더 가까이 가고 싶다

자세히 보면 예쁜 눈동자엔
내 얼굴이 보인다

아가야
넌 벌써 나를 알고 있나 보다.

나이를 강제로 먹였어요

처음엔
모르고 먹었습니다
먹을수록 맛이 없어요
왜 먹어야 되는지 모르고 살았습니다
늙은 낙엽은 알아요
세월이 강제로 먹였어요
난 억울합니다.

벽시계

난 멈추면 죽어요
살고 싶어서
재깍재깍 숨소리를 크게 내지요

자세히 보면
세월 가는 소리예요

더 이상은 듣지 마세요
늙어 가는 소리를.

비에 젖은 낙엽

비에 젖어
갈 곳이 없는 나에게는
삭풍이 불어오는 겨울밤이 두렵습니다

한때 화려했던 단풍 시절엔
사람들이 몰려와 하루해가 짧았는데
지금은 쪼그라든 몸뚱어리 하나
누울 자리가 없습니다

밤이 지나고
해 뜨는 아침이 오면
또 한 번 두려움이 앞섭니다
천덕꾸러기가 된 나를
빗자루로 쓸어 담는 광경을 목격했습니다

빗자루 아저씨
조금만 기다려 줘요
바람이 불어오면 데굴데굴 뒹굴어서
한쪽 구석으로 숨어들겠습니다.

가을 화장품

단풍은
천생 여자다
화장을 안 해도 곱고 예쁘다
가을은
자연이 만든 최고의
화장품.

그녀의 마음

많이 보고 오래 봐야
세상이 보인다

자주 보고 자세히 봐야
사람이 보인다

많이 보고 자세히 봐도
보이지 않는다.

떠나는 계절

선암호수 공원에서
가을을 배웅하고 왔습니다

날씨만큼이나
떨어지는 낙엽도 빛이 바래서
안색이 어두워 보였습니다

한때의 푸름이 호수를 감싸 안듯
봄 한철 내 청춘
뜨겁게 살았습니다

어디로 가야 하나 어디로 갈까
갈 곳을 잃어
산책 나온 바람에게 물어봅니다

봄여름이 지나고
가을의 끝자락에서 알았습니다
겨울이 오기 전에 떠나야 하는 것을

아무도 찾지 않는 한적한 오솔길에
세월에 쪼그라든
고달픈 내 육신을 낙엽이 누워 있는
그곳으로 가렵니다.

갈색 추억

불타는 가을
잘 익은 세월 맛있는 일요일입니다

물비늘 반짝이는
상계 저수지에서
우리들의 가을 추억 만들었어요

높고 푸른 하늘
곱게 물든 단풍들이
십시일반 힘을 보탰습니다

힘든 세월 잘 견디고
부족한 행복은
사랑으로 채워 가며 살겠습니다

세월이 흐른 먼 훗날
삶의 끝자락이 곱게 물들어 갈 때
추억을 찾으러
여기서 우리 다시 만나요.

그날의 시간들

잊지 못할 추억이었습니다
참 많이 행복했습니다

한 분 한 분 소중한 이야기들
마음에 담아 갑니다

다채롭게 물들어 가는 가을처럼
세월에 젖어 버린 마음들을

실버케어센터에서
사랑으로 물들어 가길 바랍니다

갈바람에 낙엽이 뒹굴 때
그리워하겠습니다

언제나 오늘처럼
늘 건강하시고 모두 행복하세요.

소중한 날들

푸른 하늘
누렇게 익은 벼 이삭
곱게 물들어 가는 단풍잎

가을은
코스모스 꽃길 따라
살며시 찾아옵니다

봄여름
그저 살아온 삶이
무척 힘든 날이었다 해도
지우고 싶은 날은 없습니다

그날도
단풍처럼 곱게 물들어서
내 인생의 가을이고 싶습니다.

인생은 미완성

나이를 많이 먹었다고
인생의 맛을
잘 안다고 착각하지 마라

인생은
고통받는 만큼
양념 맛을 조금씩 보여 줄 뿐이다

산다는 것은
세월 따라가는 게 아니라
나를 나답게
만들어 가는 과정일 뿐이다.

나를 위해 살리라

오늘은
나를 보고 한번 웃어 봐
인생의 희로애락을 나누며
살아온 유일한 벗

세상에서 가장 친한 친구는
나 자신이다
얼마나 나를 사랑하며 살았는지
한번 물어봐

삶이 버거워도 남을 위해 웃었고
언제나 착한 사람처럼
포장하며 살았다
간사한 마음은 거짓말을 섞었고
껍데기 몸뚱어리는 정직하게 살았다

잊고 살았던 나를
세월 가고 나이 먹고 알았다
나를 대신해 줄 사람 이 세상 어디에도 없더라

남은 세월
나를 위해 아끼고 사랑하며 살리라.

삶의 이유

어디에 살던
무엇을 하던
나는 행복해야 합니다

내가 만나 본 행복은
인생 최고의 선물입니다

행복은 그냥 오지 않습니다
어려움 속에서도 길을 찾을 때
찾아옵니다

내가 행복할 때
세상이 행복해집니다.

노을이 남긴 말

노년이 되면
쓸쓸하고 외롭고 늙고 병들고
쓸모없는 존재로
무기력한 시간을 보내는 게 아니라

답을 찾아가는 인생의 깨달음에
조금씩 다가서는 것이다
걷고 생각하며 움직여라
죽음 직전까지 깨우치는 게
인생이다.

아픈 추억

어스름한 저녁에
부슬부슬 비가 내립니다

종점에서 내리면 포장마차에서
김이 모락모락 올라오는
순대와 소주가 눈에 들어오고

전봇대가 있는
골목길 돌아서면 분식점의
김밥 떡볶이가 나를 유혹하지요

힘들게 고개 돌려
한 계단 한 계단 가파른 길 올라가면
배에서 꾸어록 배고픈 소리가 들려올 때

주머니에 손을 넣으면
동전들이 부딪히며 큰 소리로 싸우지요

비가 오나 바람이 부나
언제나 그곳에
홀로 서 있는 외로운 가로등은
내 마음을 알까요

오랜 세월이 흐른 뒤
다시 찾은 그때 그 길이
씁쓸한 추억으로 남아 있네요.

사랑의 통장

그녀를 처음 본 날
내 마음의 통장에 사랑을 저축했어요

한 번씩 볼 때마다
내 사랑은 차곡차곡 쌓여 갔어요

틈틈이 보고플 땐
비밀번호를 꾹 눌러 사랑을 확인했지요

세월이 흐르면
그녀의 사랑을 가장 많이 저축한
행복한 부자가 되어 있겠지요.

남몰래 흘린 눈물

예쁜 꽃이 피었으면
슬픈 꽃도 있어요
슬픈 꽃도 웃으면 예뻐요

슬픈 꽃은
세상 어디에도 없어요
언제 봐도 활짝 웃고 있어요

말하지 않아도 알아요
웃음 뒤에 숨어 있는 너의 눈물을
비 오는 날 울어요.

다시 만난 그 사람

오랫동안
고달픈 세월을 마음에 담았습니다
비바람 맞으며
천둥 번개도 지나갔어요

한동안
삶의 파도가 몸부림칠 때
눈물이 말라 가슴으로 울었어요
세월의 칼바람이
모난 내 마음을 깎아내던 어느 날

황혼의 길목에서
그 사람을 다시 만났어요
노을이 질 무렵 알았습니다
눈물 없이 가는 인생이 어디 있으랴.

마골산이 부른다

하루를 시작하는
마골산 숲속 길
구불구불 돌아서 오르다 보면
이마에 땀방울을
산들바람이 훔쳐 달아나고

천년고찰
동축사 풍경 소리에
세월에 젖은 내 마음을 말린다

졸졸 흐르는 옥류천 계곡물에
맑은 공기 말아서 한 모금 마시며
고달픈 세상 시름을
가슴에 품어 안는다.

보고 싶은 얼굴

숨바꼭질 같은 세월
어디에 숨었나

오랜 세월
그리운 사람이 있다
그리워할 수밖에 없는 사람이다

오늘은 술래가 되어
지난날 우리들의 추억을 찾고 있다

언제나
내 가슴속에 사는 사람
오늘은 그냥 네가 보고 싶다.

찔레꽃 추억

뒷산에 뻐꾹새 울면
찔레꽃이 피었습니다

보리가 익어 가는
밭둑길을 따라 걸으며
찔레 순 꺾어서 허기를 달래곤 했지요

산모퉁이를 돌아가면
초가집 마당에서 들려오는
아기 울음소리
지금쯤 어떻게 지내고 있을까

비탈길
넓은 신작로에 내려가면
소달구지 타고 장에 가시는
동네 어르신 모습이
아직도 마음 한편에 아련하게
남아 있습니다

모두 떠나갔습니다
피고 지고 세월이 흘러도
내 고향 찔레꽃은
비탈길 언덕을 지키고 있습니다.

행복을 만든 하루

오늘 하루는 어땠나요
힘들었나요 활짝 웃었나요

표정을 잃어버린 오늘
당신의 즐거운 마음을 빌려서

기억에 남는 작은 행복을 만들어서
활짝 웃었습니다.

꿈을 펼쳐 봐

있잖아
힘들면 하늘을 보고 한번 웃어 봐
해와 달은 편견을 가지고 비추지 않아
누구나 파란 하늘에 꿈을 그릴 수 있어
그늘진 곳에도 시간이 지나면 비춰 줄 거야
조금만 참고 기다려 봐
좋은 날 올 거야.

봄나들이

따뜻한 봄날
따뜻한 친구들과 선암호수 공원에
봄나들이 갔습니다
호숫가에는 벚꽃 개나리 진달래가
제멋을 한껏 뽐내고 있습니다

산책 도중
호수를 들여다보니 어르신들께서
우리를 보고 웃고 있습니다
어디선가 많이 본 것 같은데
기억이 나지 않습니다

돌아보면 먼 길을
숨 가쁘게 달려왔습니다.
우리 스스로에게 칭찬 한번 하자고요

중년의 봄날
선암호수 공원에서
마음의 끈을 한 번 더 조여매고
인생 2막을 향해 힘차게 출발합니다.

걸레

나는
빨아도 걸레다

세상
구석구석 찾아다니며
사람들이 버린
더러운 곳을 닦고 다녔지

오랜 세월 살아온
얼룩진 인생은
닦아도 지워지지 않더라

오늘은
못난 사람들
마음을 닦으러 간다.

바위틈에서 키운 꿈

나는
살고 싶었습니다

바위틈에서 태어났습니다
어떻게 살았냐고 묻지 마세요

타는 목마름 외로움을 참고 견디며
울고 또 울었습니다

벼랑 끝에도
희망은 있고 길이 있습니다

봄이 찾아왔습니다
진달래꽃이 피었습니다
내 마음에 꽃이 피었습니다.

너는 나의 봄

네 마음이 따뜻해서
봄도 너를 따라왔나 보다

네 마음이 예뻐서
꽃도 너를 닮아 피었나 보다

세월이 가고
계절이 바뀌어도
너는 언제나
내 마음의 봄이었으면 좋겠다.

인연이란

가 버린 세월
스쳐 간 인연들을 떠올려 봐요
그런 날 올까요
그런 사람 또 없습니다

똑같은 인연도 악연도
다시 오지 않아요
지나간 인연은 지나간 대로
가슴에 묻어요

인연은
동행하는 길까지만 함께하는 거래요
먼 길을 달려온 세월도 인생도 몰라요
다시 만날 인연을.

실버케어센터

생각으론 아픔을 몰라요
여기에 사랑의 힘으로
희망을 만드는 사람이 있어요

세월의 파도가 몸부림쳤던 날들을
따뜻한 가슴으로 품어 주는
사람이 있어요

한번 일어나 봐요
그리고 한 발짝 같이 걸어 봐요
왜냐고요
하고 싶은 이야기가 있어요

지난날
가슴속에 묻어 둔 우리들의
이야기가 남아 있어요
그래서 지금
내가 여기에 있는 이유예요

오늘도

아름다운 꿈을 만들고 있어요

희망을 만들어 가는 꿈같은 이야기 말이에요.

그때 그 사람

소낙비가 내리던 날
살며시 다가와 우산을 씌워 주는
사람이 있었습니다
우산이 내 쪽으로 기울어
그 사람 왼쪽 어깨는 비를 맞고 걸었고

나는 무슨 말을 하고 싶은데
입안에서 맴돌아
그냥 말없이 고개를 숙인 채
걷기만 했습니다

그저 주위에는 천둥소리와 빗소리만
더 요란하게
들려오고 있었습니다

한순간
그 사람은 우산을 내 손에 꼭 쥐여 주고
한쪽 다리를 조금 절뚝거리며
왔던 길로 쏜살같이 뛰어갔습니다

나는 멀어져 가는 뒷모습을
멍하니 바라만 보고 있었습니다

짧은 시간
순간의 만남이지만 비가 오는 날이면
그 사람이 생각납니다
사람의 향기가 그립습니다.

아름다운 만남

우연히 만난 그날이
인연인 줄 몰랐습니다
스쳐 지나가는 바람에도 인연의 향기는
묻어 있습니다

우리들의 만남
지난날 가슴에 담았던 이야기들
세월에 쫓겨
추억을 지우지 못한 채 그리움으로
남았습니다

마골산 숲 바람 소리
옥류천 이야기길
몽돌이 노래 부르는 주전 바닷가

우리들의 향기가 스며 있는 카페에서
하나둘 소중한 추억들을
찻잔에 담아 봅니다

어느 날 문득
내 가슴 깊은 곳에
그리움 하나 생각나면 그 향기 따라
다시 찾아오겠습니다.

백로의 초대장

초대장을 받고
태화강에 나왔습니다

오늘은 백로들이 한 해를 마무리하는
송년 모임을 하고 있습니다

가까이 갈 수가 없어
멀리서 축하 인사를 보냅니다

태화강에 둥지를 털고
올 한 해도
많은 이야기를 남겼습니다

백로야
추운 겨울 잘 지내고
다가오는 계묘년 새해에는 나와 같이
힘차게 비상하자.

덧없는 세월

한 시절
뜨겁게 불태웠던 세월아
너는 어디쯤 가고 있느냐
떠나간 인연 가슴 아팠던 그날들
어디쯤 있을까

저만치 앞서간 세월은
보고 싶은 그리움도
가슴에 남아 있는 미움도
다 지우고 가라 하네

세월의 끝자락에서 돌아보니
힘들게 살아온 내 인생
모든 것이 한순간의 꿈이더라.

행복하고 싶다면

마음을
잘 다스리고 돌보는 일입니다

머리엔 좋은 생각
가슴을 채우고 마음을 비워서
세상을 바라보면

행복은
늘 마음속에 살아 숨 쉬고 있습니다
삶이 힘들 때 데려가세요.

겨울 낙엽

아무도 찾지 않는
산그늘에 누워 있습니다

흐르는 세월에 육신은 늙고
전신이 쪼그라들었어요

지난 세월
단풍이 곱게 물든 시절
사람들은 무척이나 나를 좋아했지요

그리움이 생각나면
이 산 저 산 나를 찾아다녔고
내 모습을 가슴에 담기도 했습니다

계절 따라 변하는 세상이
원망스러웠습니다

내 곁에서
가을은 떠나갔습니다

눈비가 다녀가고 삭풍이 불면
이리저리 뒹굴다 또 어디론가
떠나겠지요.

작은 정성

마음이 아파서
약국에서 약을 지어 왔습니다
아침 점심 저녁 식후에 먹었습니다

회복이 안 되어 후유증을 겪었습니다
약 성분 중 한 가지가 비어 있네요
약사님의 밝은 미소가
빠졌습니다.

마음이라는 게

자고 일어나면
눈 뜨는 게 싫을 때가 있는 것처럼
오늘이 오지 말았으면
하는 생각이 들 때도 있더라

사는 게 버거워지는 순간
모든 것을
내려놓고 싶을 때가 있는 것처럼
숨이 막혀 올 때도 있더라

죽을 만큼 힘들 때
죽을힘을 다해 견디면 웃을 날이 오더라

길가에 뒹구는 낙엽은
그리움과 함께 늙어 가고
인생은 길 따라 세월 따라 늙어 가더라

살아 보니 알겠더라
한 치 앞도 모르는 인생
모든 것은 내 마음에 있더라.

후회

빠른 택배로
소포 하나를 받았습니다
빛바랜 상자 속에는
낙엽 한 잎이 담겨 있습니다

지난 세월
어떻게 살았냐고 물었습니다

고달픈 삶이지만
사람들에게 웃음을 주고
눈물이 나면 남몰래 울고
세상의 속성을 알지만 모르는 척하고
살았습니다

무엇을 위해
숨 가쁘게 달려왔는지 모르겠습니다

힘들면 힘들다고 말하고
눈물이 나면 울어 버리고

알면 아는 대로
모르면 모르는 대로 살았어야지

바보 같은 세월아
어리석은 인생아!

행복 아파트

아파트 단지가
가을 단풍에 곱게 물들었습니다

세상에서 가장 아름다운
보금자리 아파트가 여기에 있습니다

가을이 만들어 준
가장 큰 선물입니다

아파트에 살고 있는 이웃들이
올 가을엔
행복하게 물들어 갔으면 좋겠습니다.

나는 달리고 싶다

한 시절
젊음과 열정. 청춘을 싣고
세상 길 따라
종횡무진 달리고 또 달렸습니다

아름다운 세상
고달픈 인생도 만났습니다

천천히 걷는 것은 죽기보다 싫었어요
살아남기 위해
온 힘을 다해 앞서가야 했습니다

오랜 세월이 흐른
어느 가을날
힘들게 도착한 그곳에는
고장 난 내 인생이 세월에 묻혀 있습니다.

낙엽의 눈물

솔바람 불어와
낙엽이 우수수 떨어졌어요

어디론가 뿔뿔이 흩어지기 전에
마음에 담았던
가슴 저미는 이야기가 있대요

겨울은 몰라요
바람에 뒹구는 낙엽의 몸부림을

지난 세월
아직도 아물지 않은 이별의 아픔을
곱게 물든 그리움의 자국들을

바스락바스락
늙은 낙엽이 죽어 가는 신음 소리를…

마로니에 가을

바쁘고 지친 일상을
잠시 내려놓고

마로니에 오면
또 다른 가을을 만날 수 있습니다

잠시라도
단풍길을 걸어 보세요
가을 속에 묻혀 보세요
그리고 나만의 가을을 만들어 보세요

오늘은
곱게 물든 그녀의 가을을
내 마음에 담아서 갑니다.

가슴으로 울었다

허접한 선술집에서
빈 술잔에
세월의 향기를 담았습니다

누구나 될 수 있지만
아무나 노인이 될 수는 없어요
왜냐면 그 길은 너무 멀어요

황혼이 오면 하고픈 말을
눈으로 보고 마음으로 말해요
아무도 몰라요
고단했던 지난날의 이야기들

아주 가끔은
그립고 보고 싶고 생각나면
하늘을 봐요

저기 가는 저 구름아 너는 알겠지
남몰래 노을이 흘린 눈물을.

중년의 가을

따스한 오후
베란다 창문을 열었습니다
청명한 하늘에 뭉게구름이
한 폭의 가을 풍경화를 그리고 있네요

문득
몇 번째 맞이하는 가을일까
올 가을엔
내 인생이 어떤 색깔로 물들어 갈까

삶에 찌들고 세속에 물들어
고장 난 몸뚱어리 하나둘씩 늘어만 가는데
깊어 가는
나의 가을은 얼마나 남았을까.

나 홀로 가는 길

인생은
길 위에 있습니다

내가 살아온 삶의 조각들을
하나하나 맞추면
어떤 모양의 길이 만들어질까

울퉁불퉁 험한 길은 있지만
잘못된 길도
똑같은 길은 없습니다
날마다 처음 가는 길입니다

길 위에 서서
스쳐 가는 바람에게 물어봅니다
오늘은 어디로 가야 할까

다시 올 수 없는 길
이정표가 없는
황혼의 길을 가고 있습니다.

등대

돌아보면 언제나 혼자였다
가슴 시리도록 외로움은 나의 전 재산이다

파도가 몸부림치고 내 심장을 때려도
나의 자존심을 지켰다

세상이 잠들면
밤하늘의 별들을 내 가슴에 품어서
방황했던 나를 길을 찾게 해 줬다

세월이 흐른 오늘도
언제나 그 자리에 홀로 서서
갈 길을 묻는 너에게 별 하나 반짝인다.

슬도

마음이 울적할 때
그곳에 가면
말없이 가만히 감싸 주는 작은 바위섬 하나

어디서 불어오는 갯바람 소리에
파도는 바위에 부딪혀 슬도를 낳고

외로움을 홀로 지키는 등대는
슬도를 품어 안는다

해지는 저녁노을
지친 배들이 항구에 들어오면

어디선가 들려오는 거문고의 선율은
슬도의 고달픈 하루를 잠재운다.

빈병

뚜껑을 열기 전에
누구든 나를 보면 반갑게 웃는다

조금씩 비워질 때
기뻐서 웃기도 하고 슬퍼서 울기도 한다

다 비우고 바닥이 보일 때
사람들은
웃음을 멈추고 그 자리를 떠난다

내 인생은
비우고 버려야 보인다.

무궁화

어릴 때 불렀던
노래 한 구절이 생각난다
무궁화 무궁화 우리나라 꽃
삼천리강산에 우리나라 꽃

근화(槿花)라고도 한다
꽃말은 끈기 섬세함 아름다움이다

무궁화는
이른 아침에 피고 저녁에 지기 때문에
날마다 신선하고 깨끗한 느낌을 준다
꽃이 끝없이 피는 꽃이란 뜻에서
무궁화라 한다

어릴 때 불렀던 노래의 의미를
이제서야 알 것 같다
삼천리강산에 피는 무궁화를
많이 사랑하고 마음속에 소중히
간직해야겠다.

지금의 내 모습

그냥
저절로 변한 게 아니야
가슴에 고인 눈물 한 바가지
마음에 쌓여 있는 고통 한 짐

아직도 비우지 못한
삶의 쓰레기 한 통
세월은 끼니도 거른 채 달리는데

늙을 수밖에.

어리석은 인생아

세월이 굶으면
천천히 가는 줄 알았습니다

이만큼 살아도 모르는
바보 같은 인생아

어제도 속고 오늘도 속았으면
알아야지 바보야

내일이 와도 너는 또 속아서 살 거야
바보 같은 나의 인생아.

할아버지의 걸음걸이

비탈길을 오르는
할아버지의 뒷모습은

걸음걸이에 살아온 세월이 보이고
고단한 인생이 묻어납니다

한 걸음 한 걸음 걸을 때마다
점점 느려지는 걸음걸이
얼마나 더 먼 길을 걸어야 할까요

할아버지
이제 남은 길은 꽃길만 걸으세요.

산이 좋아 산에 가네

힘들 때 찾아가면
자기 속을 다 보여 주고
언제나 품어 주고 안아 주는 산

바닥에서 꼬불꼬불 올라가면
오르는 만큼 세상을 보여 주는 산

정상에 오르면
세상 모든 시름 내려놓고
다 비우고 가라 하네.

솔처럼 살고 싶다

솔을 한 번 베어 버리면
다시 움이 나지 않는 것은
구차하게 살려고
하지 않는 나무이기 때문이다

날씨가 추워진 뒤에라야 송백이
시들지 않음을 안다

하늘이 차고 눈서리가 내려서야
송백의 무성함을 알게 된다
논어와 장자에 나오는 말이다

사람의 진가도 고난에 직면해서
비로소 판명된다.

악연

피할 수 없는 악연도
인연이다

고독과 외로움이 때로는
행복할 때가 있다

얽히고설킨 인연의 끈을
어떻게 풀어내야 할까

악연의 끝은
따뜻한 가슴에 품어서
좋은 인연으로 녹여내는 것이다.

행복은 어디에

어제까지 쓰고
남은 욕심 버리면
오늘은 웃을 수 있습니다

채우는 욕심은
온갖 권모술수가 춤을 추고
텅 빈 마음은
세상을 담을 수 있습니다

살아 보고 알았습니다
버리고 비우면
비로소 행복이 보입니다.

아련한 추억 하나

아득한 먼 옛날
꼬부랑길을 돌아서
뒷밭에 올라가면 혼자 쪼그리고 앉아서
호미로 김을 매던 엄마가 있었고

밭둑에는
뽕나무에 까맣게 오디가 익어서
허기진 배를 채우고 있을 때
보리밭 넘어 앞산에 뻐꾹새 울면
오월은 보리처럼 익어 갑니다

해지는 저녁에
소 풀 뜯어 꼴망태 둘러매고
집 마당에 들어서면 모깃불 피워 놓고
엄마가 만든
칼국수랑 개떡을 쪄서
평상에서 가족들과 함께 먹던 그 맛을
잊을 수 없습니다

지금도 칼국수를 먹을 때는
그때 오월이 생각납니다.

혼자 가는 길

한 걸음
걷고 나면 후회하고
돌아보면 아쉽고

알았다고 보면 모르겠고
알고 나면 더 어렵더라

인생길은
알고도 모르는 길

고달프고 힘들어도
나 홀로 가야 되는 길.

민초의 향기

어느 봄날
따뜻한 호숫가에서

봄내음이 향긋한
달래랑 냉이를 캐서 바구니에 담고
주변을 돌아보니

무성하게 자란 잡초만
호숫가의 봄을 감싸고 있다

척박한 땅에서
억세게 자라서 살아남은
이름도 없는 너에게 배운다

진정한 멋은 내면에서
마음의 향기를 뿜어내는 것

오늘은
네 마음속의 사랑의 향기를 캐서
바구니에 담아야겠다.

태화강 봄나들이

따뜻한 봄날
그냥 보내면 어쩐지 후회할 것 같아서
단숨에 달려나갔습니다

들어가는 입구 도로에는 벚꽃이 만개하고
정원은 꽃단장이 한창입니다

대나무 숲을 지나 강변로를 걸으면서
잠시 생각해 봅니다
눈에 보이는 모든 사물은
조금만 자세히 보면 이야기가 있습니다

만남이 있고 이별이 있고
그 나름대로 귀를 기울이면
삶의 이야기도 들을 수 있습니다

오늘은
백로도 나와 같이 봄나들이를 나왔습니다
아마도 코로나19 때문에 둥지에 숨어 있다가

오랜만에 나들이를 나온 것 같습니다

우리의 만남
좋은 인연으로 간직하겠습니다
살면서 다소 힘들고 어려움은 있지만
그래도 세상은 살아 볼 만한
가치가 있고 그만한 이유가 있습니다

태화강은
많은 이야기가 숨어 있습니다
봄이 가기 전에
태화강변을 걸어 보세요
그리고 이야기를 찾아보세요.

노인의 추억 한 조각

길 따라 세월 따라 먼 길을
걸었습니다
추억도 늙으면 절실함이 더해져
더욱더 아름답게 보입니다

뒷동산에
진달래 할미꽃 피는 초저녁 달밤이면
봉창 너머로 은은하게 들려오는
하모니카 소리

나의 살던 고향은 꽃 피는 산골
지금도 애잔하게 마음 한편에
그 노래가 살아 숨 쉬고 있습니다

장마가 지나고 나면
시냇가에서 떨어진 검정 고무신에
피라미 잡아 놓고 물놀이하던
소꿉친구들

학교 갔다 오는 길에
밀밭에 이삭을 꺾어 밀 서리하며
숯검댕이 얼굴로 서로를 바라보며
웃음으로 허기를 달래던 그 시절이
짠하게 울림으로 다가옵니다

해를 더해 갈수록
사무치게 그립고 보고 싶은 마음을
주름진 가슴에 담아도 넘쳐 납니다

어느덧 길을 나서면
어르신 부르는 소리에
가던 길 멈추고 뒤를 돌아봅니다

아무도 보이지가 않습니다
나를 부르는 소리입니다
세월에 물어봅니다
언제 여기까지 데려왔냐고

나도 늙고 세월도 늙고
그래도 젊은 날의 추억 한 조각
마음에 남아 있는 것은
내 인생의 선물이고 축복입니다.

기다려지는 봄

추운 겨울에 서로 다른
세월이 있다 해도
너도 나도 봄이 왔으면 좋겠습니다

꽃 피는 따뜻한 봄날에
아픈 상처가 아무는
마음의 봄이 왔으면 좋겠습니다

개구리 울음소리가
아파서 우는 게 아니라 기뻐서 울고

알을 깨고 나온 병아리가
시작을 알리며 모이를 쪼듯이

세상 밭에
세월의 봄이 왔으면 좋겠습니다.

외로운 술잔

술을 마시는 게 아니라
세월을 마셨습니다

한 잔 술에
남몰래 흘린 눈물이 있고
한 모금 톡 쏘는
인생의 아픔도 있습니다

세상길 걸으면서
삶의 고단함이 파도처럼 밀려올 때
너를 찾았고 함께 울었습니다.

중년의 술잔
이야기가 있습니다
세월이 녹아 있습니다.

매화의 눈물

겨울밤
작은 바람에도 잔가지는 흔들리며
윙윙 소리 내어 울었다

새벽 찬 이슬 맞으며
길가에 누워 있는 낙엽 한 잎도
아픈 추억이 있고
길모퉁이 돌아서면
잡초 왕바랭이도 토해 내고 싶은
이야기가 있다

아픈 만큼 삶은 깊어지고
흘린 눈물만큼 세상이 보이더라
상처받지 않고 피는 꽃이
어디 있으랴

모진 추위를 견뎌 내고
집 뒤뜰에 매화꽃이 피었다.

오늘의 행복

아주 작은 일로
한 번이라도 웃을 수 있다면
행복한 하루다

생각해 보면
좋다 나쁘다고 하는 것은
작고 사소한 일에서 일어나고
큰일이 생기면 생각을 하게 된다

나를 변화시키는 것은
약간의 고통이 필요하다
하루의 행복은
고통의 재료가 있기 때문이다.

잡초

무심코 발로 차지 마세요
나에게는 아픈 상처로 남습니다

사람들이 짓밟고 지나가도
모진 세월
질기게 살아남았습니다
이름도 몰라요

세상 사람들은
나를 민초라고 불러요
세월은 알아요 고달픈 내 인생을.

그리운 사람

보고 싶다
어디에 살고 있니
여기서 기다리면 만날 수 있겠지

굽이굽이
먼 길을 돌고 돌아
세월이 길을 잃고 헤매도

황혼의 길목에 서서
행복했던 그날을 생각하며
널 기다리고 있어.

살아 보니 알겠더라

태어나서 첫울음이
삶의 시작이더라

세월의 고통을 느끼는 만큼
인생은 자기 존재를 보여 주더라

인생은
아는 만큼 보이는 만큼
살아지더라.

친구야

이쯤 되면
한 번쯤은 뒤를 돌아보고
가야 되는 거지

번개처럼 사라져 버린
우리들의 젊음 날.
추억 속에 녹아서 아련한 향기로 피어나는
그날의 이야기들
세월이 더해 갈수록 새록새록 생각나고
보고 싶은 간절함도 짙어져만 가네.

친구야
이젠 누가 조금 섭섭하게 하더라도
묻어 두고 가자
그래야 되고 그럴 수밖에 없잖아
남은 세월이 점점 작아 보이는 것은
우리들의 만남도 짧아지는 것 아닐까.

조금은 초조하고 불안하지만
기죽지 말고
신발 끈 바짝 조여 매고 가자
먼 훗날 너와 나
인생의 무거운 짐 내려놓고
저녁노을 바라보며 멋있게 웃는 그날까지.

생존

오늘은 친구들과 산행 중에
훌륭한 스승을 만나
무언의 가르침을 받고 하산을 했습니다

힘들었습니다
태생이 잘못된 것은 알지만
살아야 했습니다
살아남아야 했습니다

많은 사람들에게
이야기해 주고 싶었습니다
아무리 힘들어도
참고 견디는 것이 삶이라고

나를 찾아오는 사람들은
멋있다고 하지만
쉽게 사는 인생은 없다고
말해 주고 싶습니다.

콩나물 할머니

시장 골목 모퉁이에
쪼그리고 앉아 졸린 눈 비벼 가며
콩나물을 팔고 있는 할머니

무심코 지나면서 보면
그냥 콩나물 파는 할머니다.
들어 봤느냐
할머니의 지난 이야기를
허리를 펴고 먼 산을 바라보며
쓴웃음을 짓는 그 의미를

했어야만 했고 해내야만 했던
세월 속에 녹아 있는 삶의 애환을
해 지는 저녁노을
콩나물을 닮아 가는 할머니의 모습이
오늘따라 왠지 작아 보인다

할머니 콩나물 주세요
살포시 입가에 미소를 띠고

덤이라고 한 줌 넣어 주는 할머니의 모습이
세상에서 가장 아름다운 모습이다.

웃음의 힘

사는 게 정답은 없습니다
오랜 세월 힘들게 살기는 했지만
잘못 살아온 인생은 없습니다

인생은 태어날 때 울었습니다
살면서 한바탕 웃음은
내 삶의 보약입니다.

소중한 인연

방 한편에 아직도 보내지 못한
꽃다발 하나가 있다

금오산 가족여행 때 받은 생일 선물로
좋은 만남을 가져오고 있다

버리는 인연보다 담아서 소중하게
간직하는 인연

꽃잎은 시들어도
추억이 있고 향기가 있고 이야기가 있다

잘 모시고 있다가 향기마저 날아가면
그때 보내 줘야겠다.

호롱불 추억

오랜만에
창고 정리를 하던 중
구석진 곳에서
호롱 하나를 발견했습니다
참 오랜 세월 끝에 보는 것 같습니다

그 옛날 초등학교 시절
호롱불 밑에서 늦은 밤까지
책 읽고 몽당연필로 숙제했던 추억이
아직도 마음 한편에 아련하게 남아 있고

긴긴 겨울밤
옷이나 양말이 떨어지면 호롱불 밑에서
바느질하던 어머님의 생전 모습이
지금도 눈에 선합니다

눈 내리는 추운 겨울에
친구들과 따뜻한 아랫목에 둘러앉아
옛날이야기 하던 그때가

새삼 그리워집니다

나이 들면
추억으로 산다는 말이 있습니다
날이 갈수록 그 시절이 생각나는 것은
나만의 생각일까요?

신발 한 켤레

출입문을 열고 들어서면
크고 작은 신발들이 옆으로 뒤로 거꾸로 뒤엉켜
어지럽게 널려 있고
바닥에는 흙이 더덕더덕 묻어 있던 그때는
나는 뭔지 몰랐습니다

잠시 세월 따라 외출하고 돌아와
출입문을 열어 보니
신발 두 켤레가 가지런히 놓여 있을 때도
괜찮았습니다

어느 날 저녁 무렵
해 지는 노을 배웅하고
출입문을 열고 들어서니
신발 한 켤레가 나를 기다리고 있습니다
이제야 알 것 같습니다
사는 게 뭔지.

가는 세월 오는 세월

잠시 세월 따라 산책 갔다
돌아와서

벽에 걸린 거울 속을 들여다보니
할아버지 한 분께서 나를 보고 웃고 있다

얼굴에 잔주름이 많아서
누구냐고 물어보지 않았다

할아버지
부르는 소리에 뒤를 돌아보니
손자 녀석 나를 보고 웃으면서 달려온다

너는 오고 나는 가고
세월이 가네.

어느 날 문득

일상적인 삶이
당연하다고 생각을 하고
살고 있는 것은 아닌지 모르겠다
조금만 고개를 돌려보면
지금 이 시간에도
생사를 놓고 사투를 벌이는 사람도 있다

그분들의 작은 소망은
가족과 함께 집 앞 공원에서 산책도 하고
친구랑 카페에 앉아서
차 한 잔을 마시며 이야기도 나누고
때로는 차를 몰고 가까운 곳에
여행을 하는 게 무리한 욕심일까

세상 밖에서 보면
지금의 평범한 삶이
얼마나 소중하고 행복한지 모르겠다
아주 작은 것부터 감사하자
지나고 난 뒤
후회하지 않는 삶을 위하여.

덤으로 사는 삶

세월이 가을 역에 도착하면
이별을 알리는 신호다

너는 내리고 나 떠나면
이별 여행 되겠지

나 혼자 떠나는 여행이 본전이면
이별도 고맙다

잔가지에 매달린 단풍잎이
낙엽으로 떨어지는 이별도 덤이다

인생은 나 혼자 떠나는
멀고 먼 외로운 여행길이다.

마골산 지킴이

언제부터인가 마골산 입구에
귀한 손님 한 분이 오셨다

볼일 좀 보고 가겠지 했는데
무슨 일이 많은지 한 달 가까이
바쁘게 일을 하고 계신다

가끔 산행하시는 분들이
먹이도 주고 관심을 가지며
챙겨 주고 있다

또한 요즘 날씨가 너무 추워서
건강에 문제는 없는지
걱정이 되기도 한다

어쩌면 마골산에 산행하시는 분들의
안전을 지켜 주기 위해 구청에서
보냈는지도 모르겠다

내일 산행할 때 찾아뵙고
한번 물어봐야겠다.

황혼 열차

황혼 열차가
숨 가쁘게 마지막 종착역을 향해
달려가고 있습니다

중간중간 간이역에 먼저 내려
나 홀로 여행을 떠난 사람도 있고
좋은 인연을 만나
종착역까지 동행할 수 있는 것은
인생의 큰 행운입니다

우리의 만남은
내리고 떠나는 헤어짐의 여행입니다

여행을 하는 동안
승객들을 배려하고 사랑하고 아끼면서
즐거워야 합니다

언제 어느 역에서 내릴지는 모르겠지만
함께했던 모든 분들께 마지막 작별 인사를 미리 하겠습니다
고맙고 행복했습니다.

무거운 생일

숫자가 가볍지 않는 오늘이
법적 노인 65번째 생일이다
따뜻한 커피 한 잔을 들고 창문을 열었다

아파트 담벼락에
마지막 남은 단풍잎들이 겨울바람에
안간힘을 다해 가며 버티고 있다

세월 바람에
참고 견디며 살아온
지난날들이 생각이 나서
괜스레 마음이 촉촉해진다

오늘만큼은 삶의 무거운 짐 내려놓고
꼭 필요한 것만 담아서
가벼운 마음으로 생일을 맞이해야겠다

나를 아는 모든 분들과 다 함께
Happy Birthday 노래를 부르면서.

가을 진달래꽃

여기가 어디냐고 묻는다
너는 누구냐고 물었다

주위를 둘러봐도 온통 다른 세상이다
길을 잘못 들었나 보다

봄은
어디로 가는지 묻는다
추운 겨울 지나서 가야 되는데
잘 갈 수 있을지 걱정이다.

가을에 물들고 싶다

그냥 훌쩍
어디론가 떠나고 싶다
가을을 느낄 수 있는 곳이면 어디든 좋다

단풍이 아름답게 물들어 가는
호숫가에도
가슴이 확 트이는 가을 하늘이 보이는
넓은 들판에도
억새풀이 바람에 흔들리는
해 지는 노을도 좋다

오늘은
나도 가을이고 싶다
한 번쯤 내 인생이
어떻게 물들어 가는지 보고 싶다.

보내는 마음

단풍잎이 떨어집니다
내 마음의 가을도
떠날 채비를 하고 있습니다

떠나야 겨울이 오는 걸 알면서도
선뜻 마음의 문을 열지 못하는 것은
남아 있는 단풍 한 잎을
가을이 놓아주지 않습니다

다시는 너를
볼 수 없는 이별의 아픔 때문에
흔들리는 바람에도
온 힘을 다해 버티고 있습니다

알고 있습니다
문을 열고 가야 되는 것을
낙엽이 떨어지면 겨울이 오는 것을.

정 많은 사람들

일산지 바닷가에서
좋아하는 사람들과 술 한 잔에
하루의 고단함을 함께 나누는
저녁 해안가의 야경

오랜만에
느껴 보는 작은 행복입니다
삶에 지친 우리들의 심신을
파도에 실어 보내고
먼 길을 함께 걸어가는
동행이 되고 싶습니다

서로가 가는 길이 다르다 해도
마음만은 먼 곳을 향해
강물처럼 흐르고 싶습니다.

억새풀

바람에 흔들리는 너의 은빛 자태가
이제야 빛을 발하고 있네

아무도 없는
해지는 저녁노을에
초로의 길목에서 가장 멋진 모습으로
인생의 가을을 만들어 가네

불어라 바람아
세월의 찬 서리 내리고 찾는 이 없어도
강기슭 따라서 흔들리며 가리라.

내 인생의 젊은 날

어디에 숨었나
지난날 내 삶의 이야기들
세월의 향기를 따라서 왔던 길 돌아가면
그곳에 있을까

청춘의 열정으로 꿈을 좇던 그날들
세월이 데려가는 걸
왜 몰랐을까

거울 속에 비친 내 모습이
멀리 와 버린 것을 이제야 알았네
바람아 불지 마라
향기마저 날아가면 내 소중했던 젊은 날
어디 가서 찾을까?

세월의 맛

살다 보면
톡 쏘는 인생의 쓴맛이 있고
세월의 짠맛도 있더라

먹다 보면 새콤달콤한 맛이 있고
찐한 매운맛도 있더라

마시다 보면 분위기에 취해
묘한 감칠맛도 나더라

인생의 진맛을 다 먹고 살아온
노년의 지금
산전수전 다 겪은 묵은 맛이
제일 좋더라.

이별

한 발짝 한 발짝 걷다 보면
그날의 아픈 눈물도
세월 바람에 흩어지고

또 다른 길목에서
나의 허한 가슴에
그리움을 채우는 날 오겠지

시리고 아팠던 그날이
다른 삶을 찾아가는
먼 여정이라 여기며
하얀 구름에 내 마음 실어 보낸다.

유월이 오면

텃밭에 심은 인연 씨앗 하나
가족 사랑밭에 옮겨 심어서
무럭무럭
잘 자라도록 정성을 다하겠습니다

때로는 비 오고 바람 불어도
유월의 새싹은 사랑의 밑거름으로
튼튼하게 뿌리내리고
푸르게 성장해 가겠지요

계절이 바뀌고 가을이 오면
온 가족 모두가 행복하게
물들어 가겠지
그때까지 사랑밭의 잡풀을 뽑고
열심히 손질하겠습니다.

오월의 초대

오월의 숲속에는
젊음과 열정이 있고
청춘이 살아 숨 쉬고 있습니다

제각기 각자
자연 그대로의 모습으로
나만의 색깔로
멋짐을 보여 주고 있습니다

삶이 지치고 힘들 때
초록의 숲길을 걸어 봐요

자연의 향기를 맡으며
바람 소리 물소리 새소리에
내 마음은 어느덧 오월의 청춘입니다.

사월의 그리움

흐르는 세월이 강물이라면
너를 따라 바다로 가면
보고 싶은 그 사람 만날 수 있을까

하루하루 더해 가는
깊은 세월 속에 들어가면
보고 싶은 그 사람 찾을 수 있을까

수평선 넘어 하얀 뭉게구름
바다와 만나는 그곳에 가면
보고 싶은 그 사람 기다리고 있겠지
사월이 오면
생각나는 그리운 사람이 있습니다.

빛바랜 배낭

정년퇴임 후
생활하면서 지근거리에서
가장 많이 접하는 이 녀석
언제나 묵묵히 동행해 주는 이 녀석이
무척 자랑스럽다

오르막 내리막길
바람 불고 비가 와도
같이 호흡하며 땀 흘리며 걸었던
수많은 산행길
이 녀석도 이젠 색이 바래지고
세월 가는 모습이 안타깝기 그지없다.

걸음이 느려지고
색이 바래지면 어떠냐
같이 동행할 수 있는 게 행복이지
오늘도 이 녀석을 어깨에 걸머지고
나는 집을 나선다.

봄은 오고 있다

오솔길 산모퉁이에
삭풍이 길을 막아도 봄바람은
불어옵니다.

계곡에 흐르는 물을
추위로 얼음을 만들어도
봄이 오는 물소리는 막을 수 없습니다.

겨울 대문이 굳게 잠겨 있어도
문틈 사이로
봄의 향기는 스며들어 옵니다

마음의 상처가 아무리 깊어도
참고 견디면
인생에 봄날은 찾아옵니다.

기다림

산다는 것은
기다림의 연속입니다

기다려 보지 않는 사람은 모릅니다
기다리는 사람의 마음을

기다림에 아픔이 있고
고통이 있습니다

기다림에 설렘이 있고
희망이 있습니다

잘 기다릴 줄 아는 사람이
내가 원하는 것을 가질 수 있습니다

고통과 아픔이 설렘으로
오늘도 희망을 기다리고 있습니다.

한 사람의 인연

오늘은
한 사람을 가족 텃밭에
인연 씨앗 하나 심었습니다

추운 겨울 지나고 봄이 오면
현희라는 새싹이 돋아나겠지요

세월 바람 불어서 바위가 깎이고
흙먼지로 변할 때쯤 찾아온다는
그런 인연

새싹이 자라서 6월의 여름이 오면
가족 사랑 밭에 옮겨 심어서
정성을 다해 물을 주겠습니다.

희망

잠에서 깨어나 눈을 떠보니
마지막 달력 한 장을
세월이 훔쳐 가 버렸습니다

어제의 나도 어제의 너도
도둑맞아 버렸습니다
지나가는 것은 아쉬움이 있지만
아름다운 추억도 있습니다

어제는 갔지만 오늘이 있어
내일이 보입니다

아픔과 고통을 참고 견디며
내일의 희망을 낳기 위해서
오늘도 가슴에 세월을 품고
기다리고 있습니다.

설해목(雪害木)의 통곡

부드럽고 천사 같은 모습으로 내려와
더해가는 시간의 무게로
새벽까지 나의 심장을 눌러 버리고

육신이 떨어져 나가는 아픔이
이 산 저 산
통곡으로 메아리칠 때
내 삶의 진정한 강인함이 무엇인지
너에게 배웠다

약함이 강함을 이기고
부드러움이 굳음을 이긴다고 했다
오랜 세월이 지난 지금까지도
아물지 않는 상처로 남아
아픈 그날을 기억하고 있다.

그때 그곳에는

그곳에 가면
내 젊은 날 지우지 못한
추억 하나 숨어 있습니다

첫눈 내리는 날
아련하게 떠오르는 그날이
못 견디게 그립습니다

내 마음에
그리움이 더 쌓이기 전에

오랜 세월
그곳에 숨어 있는
추억 하나 찾으러 갑니다.

동행

먼 길을 가야 합니다
그 길은 높은 길 낮은 길이 있고
가끔은 눈비도 만나고
돌아가는 길도 있습니다

혼자 걸어가다 우연이
함께 걷는 친구도 생겼습니다
그것을 인연이라 하지요

그 인연 소중히 간직해서
우리 두 사람
세상 길 따라 한마음으로 걷겠습니다
먼 길을 걸어도 이젠 외롭지 않습니다.
거기에는 같이 걷는 길 친구가 있습니다.

가을비

주룩주룩 비가 내리네
그때 걸었던 그 길도 비가 내렸지
지우지 못한 그날이 생각나서
걷고 있네 이 길을

우산 쓰고 걸어도 그리움이 강해서
가슴까지 적시네
남아 있는 비야 언제까지 내리나

그리움 멈추고 돌아서면
가을비 눈물 되어 떨어지겠지.

코스모스

가을 아침 오솔길에
산들바람 불어오면
흔들리며 반겨 주는 가녀린 너의 모습

청순한 자태 상큼한 향기가
가는 길 멈추게 하고 내 마음을 훔쳤네

새벽이슬 먹고 자랐나 색색의 고운 빛깔
불어라 바람아
꾸밈없이 해맑게 웃는 네 모습에
갈 길을 잃었다.

기분 좋은 날

까치가 울면
기쁜 소식을 물고 온다 했지
단풍이 곱게 물들어 가는 가을 산에서

까치 한 마리가
소나무에 앉아 나를 보고 울고 있네
오늘은 추억 속에 잊혀진
그 사람이 찾아오려나.

착각

꽃비 내리던 날
배낭을 메고 산을 오르는데
갑자기 벌 한 마리가 윙윙거리며
내 주위를 맴돈다

얼굴 한 바퀴 돌아서
허리를 휘감기도 하고
여기도 터치 저기도 터치
좀처럼 날아갈 줄 모른다

그윽한 향기는 없지만
내가 예쁜 꽃으로 보였나 보다
괜스레 기분이 좋아진다.

다 지나고 나면

나는
더 고독하기로 작정했다
고독을 파헤치고
고독의 뿌리가 보일 때까지
그 속에 들어가서
너를 한없이 사랑해야겠다
네가 싫어서
가라고 할 때까지
그래야 행복이 뭔지 알 것 같다.

고향

초가집 마당 한편에 꽃밭에 앉아서
봉숭아 채송화 물 주고 있을 때
앞산에 뻐꾹새 울면 하루가 시작되는
내 고향 운곡리

꼬부랑길 따라 뒷동산에 올라가면
진달래가 온 산을 붉게 물들이는 그곳에는
추억 속에 코흘리개 친구가 있고

뜨거운 여름날
수박 참외가 영글어 가는 과수원 원두막에서
곤충 채집 방학 숙제하면서 놀던
그 시절이 아직도 눈에 아른거립니다

해가 기웃기웃 서산에 넘어갈 때
집 뒤 굴뚝에서
연기가 모락모락 피어나는
밥 짓는 냄새가
오늘따라 많이 그립습니다

세월은 흘러
내가 살던 옛집은 빈터로 남아
잡초만 바람에 흔들리고
같이 놀던 옛 친구는 온데간데없고
촌로가 되어 추억에 잠겨 보는
내 고향 운곡리.

스쳐 간 인연

중년의 저녁노을
추억 속에
꾸겨진 사랑 하나 끄집어내어

노을빛 열기로 다림질해서
사랑색 스카프에 살포시 담아서
그녀에게 보내면

중년의 그녀도 꾸겨진 사랑 하나
지우고 가겠지.

삶의 향기

봄날에
활짝 핀 내 인생
꽃밭에 향기만 남기고 간다

누구든
한세상 사노라면
계절마다 피고 지는 꽃은 있다

노을아
힘든 삶이었지만
너처럼 예쁘게 지고 싶다.

중년의 고독

세월이 더해 갈수록
혼자 있는 시간이 많아지고
왠지 가슴이 젖어 오는 것은
스쳐 간 인연들의 그리움 때문일까

몸은 하루가 다르게 이곳저곳
이상 기류가 감지되고
잠 못 이루는 밤이면 이런저런 상념들이
온 방을 헤집고 다닌다

아침이 오면
길은 지천에 깔렸는데
늙어 가는 나에게는
오라는 곳도 없고 갈 곳도 없다

피지 못한 꽃망울이 지더라도
향기만 남기고 가는 세월이여
피고 지는 인생의 꽃이 전부가 아니거늘
중년의 가슴에 고독만 쌓여 가네.

파도 타는 삶

얼마나 힘들었길래
밤낮없이 파도는 철썩철썩
울부짖네

산다는 것은
파도가 잔잔해지기를
기다리는 게 아니라
파도에 몸을 싣고 망망대해를
헤쳐 나가는 거야

고통 없는 삶이 없듯이
파도가 없는 바다는 죽음이다

바다는 알고 있다
거센 파도를 넘어야 수평선이
보이는 것을.

들꽃

벌 나비 찾아오고
향기는 바람에 전할 수 있어
찾는 이 없어도 외롭지 않다

척박한 땅에 피었어도
꽃향기는 다르지 않더라

꽃밭에 산다고
두 번 피는 꽃 있더냐

그저 내 색깔로 피었다가
노을 따라 지는 거지.

봄비

대지를 녹여
새싹은 땅을 짚고 일어나고

비에 젖은 활짝 핀 꽃잎은
맥없이 툭 떨어졌다

새싹은 기쁨에 젖고
떨어진 꽃잎은 이별에 젖는다

촉촉이 내리는 빗줄기는
남몰래 흘리는 그리움의 눈물인가.

정심정도(正心正道)

길을 걸었습니다
길 따라왔습니다
그래야 한다고 알았습니다

어느 날
이 넓은 세상에서 길을 잃었습니다

세상이 술을 마셨나
세월이 술에 취했나

마음 한 번 바꾸면
다른 세상이 보이는 것을
참 바보처럼 살았습니다

그래도 길을 찾겠습니다
길이 없으면
길을 만들어 가겠습니다.

비 오는 날에

카페에서
커피 한 잔에 목을 축이고
짙은 향기에
잊혀진 그날을 기억하고
빗방울 떨어지는
창밖을 보며 그대를 생각했네
빈 찻잔엔
그리움만 남았습니다.

인연

우리의 인연은
싫어서 헤어지려 해도
이어지는 인연이 있고

좋은 인연으로 이어가려 해도
끊어지는 인연이 있습니다

살아가면서
뜻밖의 사람을 만나고
예상치 못했던 곳에서 이별을 하게 됩니다

앞서간 사람들이 말했습니다
인연은
시간이 정해져 있다고

더 이상 이어 가려 하면
악연이 된다고 합니다
나에게 너무 고달픈 인연은
그냥 놓아주면 됩니다.

술 한 잔에

다 잊어야지 하면서도
가끔은 코끝이 시려올 때가 있다

견딜 수 있는 만큼만 살았다면
아파하지 않았을 걸
잘못 건드린 세월에 또 가슴을 후빈다

세월이 더해 갈수록
삶은 점점 짧아지고
숨 쉬고 살날은 얼마나 남았을까

저무는 들녘에서 세월 바람 맞는다
내 인생에
바람 불지 않는 날이 있었나

이젠 괜찮아
울어도 눈물이 없으니까.

내 친구

네가
내 친구인 것은
이 세상 다른 사람보다
똑똑해서가 아니다

네가
내 친구인 것은
이 세상 다른 사람보다
가진 게 많아서가 아니다

너는
언제나 내 마음속에
살고 있기 때문이다.

삶이 아플 때

낮은 곳에 행복이 있고
바닥에 인생이 있다는 것을
많은 세월이 지난 뒤에 깨달았다

난 몰랐다
배부르고 등 따시면
세상에 보이는 게 없다는 것을
배고플 때 삶의 무거운 짐을 들었고
눈물을 삼키면서 세월의 아픔을 건넜다

인생은
내려가고 또 내려가서
낮은 곳 바닥에 산다는 걸
울어 보고 알았다.

세월은 그대로인데

스쳐 간 인연들
아팠던 세월 소중한 날들
가끔은 그리워하면서도
가 버린 그날들을 생각하면 괜스레
가슴이 젖는다

저녁노을 짙어지면
지우지 못한 그 세월이 생각나고
젊은 날에 상처 입은 꿈들이
그저 애달기만 하다

꽃은 다시 피고 봄은 왔는데
나는 지금
어디로 가고 있는가

아침에 눈 뜨면
어제와 같은 세월은 변함이 없는데
나는 늙어만 간다.

물처럼 흐르고 싶습니다

나이가 들어가는 노인의 가슴에
많은 세월이 쌓여 있습니다
가슴 한쪽 구석에
먼지가 소복이 쌓인 옛 추억이 담겨 있고
비껴간 인연도 숨어 있습니다

지난날
삶의 희로애락을 같이했던 사람들
열정을 불태웠던 내 젊은 날들이
아련한 기억 속에 묻혀 있습니다

어느덧
지난 일들이 번개처럼 지나가고
아무도 없는 광야에 홀로 서 있습니다

깊이가 더해지는 세월에
만나는 사람들은 점점 뜸해지고
외로움의 깊이도 더해 갑니다

누구든 혼자이지 않는 사람은 없습니다
젊음이 영원하지 않는 것처럼
세상 누구도 끝까지
함께할 수 있는 것은 없습니다

이젠 내 가슴에 그리움 하나만 남겨 두고
삶에 녹아 있는 많은 사연들을
강물에 실어 보냅니다.

그리움은 늙지 않는다

노년에
보고 싶은 얼굴이 있다면
아직도 내 가슴에
그리움 하나 숨어 있다는 것이다

해 지는 저녁노을
지우지 못한 얼굴이 떠오르면
내 인생에 친구 하나 있다는 것이다

나를 위해
가슴을 열었던 사람아
세월의 그림자처럼 동행했던 너를
마지막 노을 속에 품어 안는다.

오늘만큼만

한 번도
살아 보지 않는 세월이
오늘입니다

한 번도
경험하지 않는 삶이
오늘입니다

어떤 사람은 오늘을
간곡히 살고 싶어 했던 날입니다

욕심내지 않겠습니다
하루치만큼만 매 순간들을 소중히
채워 가겠습니다.

흐르다 보면

높은 계곡에서
흐르는 물은 낮은 곳으로
길을 찾아갑니다

때로는
장애물에 부딪혀
상처를 입기도 하고
낭떠러지에 몸을 맡긴 채
두 눈을 감기도 했지요

비가 오면
흙탕물 속에서
허우적거리며 몸부림도 쳤지만
마음만은
맑은 샘물이고 싶었습니다

굽이굽이
졸졸 흐르는 신음 소리
더 이상은 내려갈 곳이 없는

바닥이었습니다

왔던 길 높은 곳 올려다보니
흘러온 지난날들이
모두가 꿈같은 악몽이었습니다

가장 낮은 곳 바닥에서
나를 찾았습니다
넓고 푸른 바다를 만났습니다.

내 것이 아니었습니다

내 것은 어디에도 없습니다
세상에 필요한 것들을
잠시 빌렸을 뿐입니다

마음의 욕심이 많아서
내가 주인이고
내 것이라고 착각했습니다

내 것도 있습니다
사람들에게 사랑을 주고
그 사랑받아서 행복하면
그것이 내 것입니다

나는 몰랐습니다
처음부터 내 것이 아니라는 것을
저만치 먼저 간
발자국을 보고 알았습니다.